MYSTÈRE
MYSTÈRE

Du même auteur, dans la même série :

Un fantôme au manoir

Ron Roy
Illustrations de Nicolas Julo

Étranges disparitions

RAGEOT

Cet ouvrage a été imprimé sur un papier
issu de forêts gérées durablement,
de sources contrôlées.

Certifié PEFC
Ce produit est issu de forêts gérées durablement et de sources contrôlées.
PEFC 10-31-2772
pefc-france.org

IMPRIM'VERT
Votre imprimeur agit pour l'environnement

Cet ouvrage a paru sous le titre
The Canary Caper (*A to Z Mysteries,* tome 2).

Cette traduction est publiée avec l'accord de Random House
Children's Books, un département de Random House, Inc.

Traduction : Émilie Éveilleau.
Couverture : Nicolas Julo.

ISBN : 978-2-7002-4764-0
ISSN : 1951-5758

Loi n° 49-956 du 16-07-1949 sur les publications
destinées à la jeunesse.

CHANGEMENT DE PROGRAMME

Lorsqu'il ouvrit la porte d'entrée, 3D, de son vrai nom Donald David Duncan, se trouva face à son meilleur ami, Josh Pinto.

– Entre, Josh. J'ai presque fini de déjeuner.

Josh se précipita dans la maison en s'essuyant le front.

– Je crois qu'on a choisi le jour le plus chaud de l'été pour aller au cirque. Je suis en nage alors que je viens juste de prendre une douche.

– Une douche ? Mais tu en as déjà pris deux ce mois-ci ! s'exclama 3D.

– Ah ah, très drôle, rétorqua Josh en ouvrant le frigo et en se plantant devant après avoir relevé son tee-shirt. Aaah ! Ça fait du bien !

– Oui, mais ça va faire mal si ma mère te surprend, rétorqua 3D.

Josh attrapa la bouteille de jus de pomme et s'affala sur une chaise avant de poursuivre :

– Tu sais que tu es drôle ? Mais j'ai tellement chaud que je n'ai pas la force de rire.

Il se servit un verre puis demanda :

– Où est Rose ? Il va être l'heure de partir.

– On passe la prendre chez elle. Je file me laver les dents et on y va, dit 3D en posant son assiette sale dans l'évier.

– Le cirque est là, qui n'attend que nous, et toi tu montes te brosser les dents ?

– Mange un cookie pendant ce temps, lui suggéra 3D, en désignant un pot en forme de tête de clown posé sur le plan de travail. J'en ai pour deux minutes.

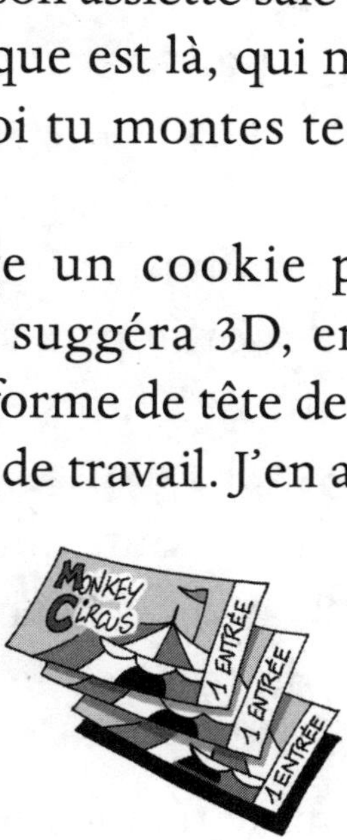

– On n'est pas si pressés que ça, s'exclama Josh en se ruant sur le pot.

– Et ne les mange pas tous ! cria 3D en se précipitant dans les escaliers.

– Donald, je t'ai déjà dit cent fois de ne pas courir dans la maison ! s'écria sa mère.

– Désolé, maman. Mais le jeudi, l'entrée est à moitié prix si on arrive au cirque avant 13 heures.

3D se brossa les dents, se recoiffa, puis redescendit à toute allure.

– Donald David Duncan, qu'est-ce que je viens de te dire ? le sermonna sa mère.

À cet instant, le téléphone sonna.

– Je décroche, maman ! s'écria 3D en regardant Josh enfourner un cookie entier dans sa bouche. Allô ?

Après avoir écouté son interlocuteur un moment, 3D reprit la parole :

– Entendu. Nous arrivons chez vous dans cinq minutes.

Puis il raccrocha.

– À qui tu parlais ? demanda Josh.

– À madame Bird, ma voisine. Mozart, son canari, s'est échappé.

– Et le cirque, alors ? On arrivera trop tard pour avoir la réduction !

– Eh bien tant pis, on paiera le tarif normal, lui répondit 3D en haussant les épaules. Madame Bird a besoin de notre aide.

Josh et 3D allèrent chercher Rose comme prévu. Ce fut son petit frère Nat qui ouvrit la porte. Il avait quatre ans et de magnifiques yeux bleus.

– Bonjour Natie, le salua 3D en plongeant son regard dans celui du petit garçon. Est-ce que Rose est prête ?

– L'est dans la zine, répondit Nat, la bouche pleine de chocolat en se cramponnant à un dinosaure en peluche reprisé de toutes parts.

– Elle est où ? demanda 3D en riant.

Rose apparut alors derrière son frère et se mit à hurler :

– MAMAN, ON Y VA ! LES GARÇONS SONT LÀ !

Josh se boucha les oreilles un long moment avant de réagir.

– Rose ! Tu devrais vendre des légumes sur le marché, comme ça tu serais payée pour hurler !

Rose répondit avec douceur à ses deux amis en fermant la porte derrière elle :

– Vous savez très bien que je serai présidente plus tard.

Rose qui aimait s'habiller avec des vêtements de la même couleur était ce jour-là tout de rouge vêtue, des baskets au bandeau qui retenait ses boucles brunes.

Alors qu'ils descendaient Wood Street, 3D expliqua à Rose que le canari de Mme Bird avait disparu.

– Mozart a réussi à sortir de sa cage ? s'étonna Rose. J'espère qu'il ne va pas s'aventurer chez moi, Cat n'en ferait qu'une bouchée.

– Ton gros chat ne ferait qu'une bouchée d'une dinde ! s'exclama Josh.

– Cat n'est pas grosse, elle est dodue, rétorqua Rose en levant les yeux au ciel. On fait la course ?

MOZART ET CAT ONT DISPARU !

Mme Bird se tenait sur le perron de sa maison lorsqu'ils arrivèrent.

– Merci beaucoup d'être venus si vite, leur dit-elle.

Elle serrait un mouchoir dans l'une de ses mains, et ses yeux étaient rouges.

– Je ne savais pas qui appeler d'autre.

– Pas de problème, madame Bird, répondit 3D. Qu'est-il arrivé à Mozart ?

– Après le petit-déjeuner, j'ai accroché sa cage à un arbre du jardin pour qu'il prenne l'air. Mais quand je lui ai apporté à manger, la cage était vide !

– Je suis sûr qu'il n'est pas parti bien loin, ne vous inquiétez pas ! la rassura 3D.

Les trois amis se ruèrent dans le jardin, et trouvèrent la cage de Mozart accrochée à un pommier.

– On se sépare et on passe le jardin au peigne fin, ordonna 3D à ses amis.

Mais ils eurent beau examiner chaque arbre, buisson ou parterre de fleurs, ils ne trouvèrent aucune trace de Mozart.

Mme Bird les observait depuis la maison et, lorsqu'ils revinrent vers elle, elle demanda à 3D :

– Alors ? Vous avez une piste ?

– Non, pas pour le moment, mais nous allons continuer à chercher, ne vous inquiétez pas.

– Il fait si beau aujourd'hui, qu'avez-vous prévu de faire ?

– Dès qu'on aura trouvé Mozart, on ira au cirque, lui expliqua 3D.

– Au cirque ! Allez-y tout de suite. Mozart est capable de retrouver le chemin de sa cage tout seul, leur assura la vieille dame.

Mais 3D sentit qu'elle se forçait à prendre un ton détaché.

– Bon, très bien. On vous appellera dans la journée pour savoir si Mozart est rentré à la maison, lui promit-il.

Après avoir quitté Mme Bird, ils gagnèrent le terrain de base-ball du lycée, où le Monkey Circus s'était installé. Ils se frayèrent un passage dans un dédale de camions et de camping-cars décorés de fresques représentant des clowns, des tigres et des éléphants.

Il était 13 h 05 quand ils atteignirent l'entrée, mais la caissière leur accorda la remise malgré leur retard.

– Par quoi on commence ? demanda Rose aux garçons.

– Et si on allait grignoter quelque chose ? proposa Josh.

– Pas question, rétorqua 3D. Tu as déjà déjeuné, et je suis à peu près sûr que tu as mangé la moitié des cookies de ma mère. Faisons un tour.

Ils circulèrent entre les stands et admirèrent des oiseaux prestidigitateurs, des chiens montés sur des poneys, et un chimpanzé déguisé en Elvis Presley.

Ils retinrent leur souffle lorsqu'un dresseur glissa sa main dans la gueule d'un tigre.

– Ce tigre n'a pas l'air d'avoir très faim, lui, remarqua Josh.

Ils regardèrent ensuite un clown déguisé en girafe et juché sur des échasses danser en faisant claquer ses bretelles jaunes au rythme de la musique.

– Il faut que je rentre, dit Rose au bout d'un moment. Ma mère a des courses à faire et je dois garder Nat.

Les trois amis regagnèrent alors Wood Street en coupant par le parc de la ville.

En chemin, 3D frappa soudain dans ses mains :

– J'oubliais ! Ma mère m'a autorisé à camper dans le jardin cette nuit. Vous croyez que vous pourrez venir ?

– Et comment ! dit Josh. Pas de problème pour moi.

– Nat n'a encore jamais campé, je viendrai avec lui, répondit Rose. Et j'amènerai aussi Cat.

– Génial ! s'exclama Josh. On aura un singe de quatre ans et un chat mangeur d'hommes sous notre chapiteau !

Rose éclata de rire.

– Ne t'inquiète pas, on apportera notre tente !

3D et Josh raccompagnèrent leur amie, puis rentrèrent chez 3D qui appela aussitôt Mme Bird.

– Mozart n'est pas rentré, annonça 3D à Josh après avoir raccroché.

Ils étaient en train de monter la tente lorsque Rose fit irruption dans le jardin.

Elle était suivie de Nat qui traînait son dinosaure raccommodé.

– Eh bien, tu es venue sans ton fauve finalement ? lui demanda Josh.

Rose commença à monter sa tente sans répondre.

– Qu'est-ce qui t'arrive, Rose ? l'interrogea 3D.

– Cat est introuvable, lui répondit Rose calmement. Et ma mère m'a dit qu'elle ne l'avait pas vue de la journée.

DES NOUVELLES INQUIÉTANTES

Tôt le lendemain matin, Rose passa la tête dans la tente des garçons.

– Debout là-dedans ! s'exclama-t-elle. C'est l'heure de se lever !

Réveillé en sursaut, 3D la contempla quelques instants d'un air hagard avant de lui demander :

– Est-ce que Cat est rentrée ?

– Non. Je vais au commissariat pour signaler sa disparition, et j'aimerais bien que vous veniez avec moi.

Josh se retourna dans son sac de couchage.

– Tu veux signaler la disparition d'un chat ?

– D'un chat et d'un canari, le corrigea Rose avant de s'éclipser.

3D et Josh échangèrent un regard puis se faufilèrent dehors. Ils rejoignirent Rose en train de faire les cent pas dans le jardin.

– Vous ne trouvez pas étrange que deux animaux qui vivent dans la même rue disparaissent le même jour ? leur demanda-t-elle.

Elle s'arrêta pour les fixer du regard.

– Je ne pense pas que Mozart et Cat se soient échappés, je pense qu'ils ont été volés, dit-elle. Je raccompagne Nat, et puis on ira voir le policier Right.

Rose réveilla son petit frère, le prit par la main et se dirigea vers sa maison.

Josh et 3D échangèrent un nouveau regard et haussèrent les épaules avant de gagner la cuisine. Là, Josh prépara deux bols de céréales pendant que 3D montait les escaliers quatre à quatre pour aller se changer. Son cochon d'Inde Ladypig l'accueillit avec un petit couinement amical quand il entra dans sa chambre.

Josh achevait son bol lorsque 3D le rejoignit.

– J'ai pensé à quelque chose, 3D. Si Mozart et Cat ont été enlevés ensemble, Cat a peut-être mangé le canari ?

3D haussa les épaules.

– Je n'en sais rien. Je ne suis même pas sûr que Mozart et Cat aient été enlevés, dit-il entre deux bouchées. Mais Rose est notre amie, nous devons l'accompagner au commissariat.

Rose fit alors son entrée dans la cuisine. Elle était vêtue d'un short bleu et d'un tee-shirt… rouge !

– Vous êtes prêts ? On y va ?

3D la fixa, bouche bée. C'était la première fois qu'il la voyait habillée de couleurs différentes. Il chercha le regard de Josh, mais ce dernier était plongé dans la lecture du paquet de céréales.

– Oui, allons-y, répondit 3D en posant les deux bols dans l'évier.

Ils trouvèrent le policier Right assis à son bureau. Il tapait sur le clavier de son ordinateur, mâchait un chewing-gum et buvait du thé, tout cela en même temps.

– Salut les enfants, leur dit-il en souriant. Alors, vous allez au cirque ce week-end ? Vous aimeriez avoir des entrées gratuites ?

– Non merci, on y est allés hier, lui répondit 3D.

Le policier Right tendit trois tickets à Josh.

– Retournez-y donc, c'est un cadeau du commissariat de Smalltown !

– J'ai un gros problème, intervint Rose d'un air grave.

– Vraiment ? Asseyez-vous donc, les enfants, leur proposa-t-il en désignant des chaises. Je suis tout ouïe.

– C'est ma chatte, Cat. On ne l'a pas vue depuis un jour et une nuit. Elle n'a jamais quitté la maison si longtemps. Et le canari de madame Bird a disparu lui aussi.

Le policier prit quelques notes tandis que Rose poursuivait :

– Je crois que quelqu'un vole des animaux à Smalltown. C'est vraiment étrange que deux animaux disparaissent le même jour, non ?

– Quatre, rectifia le policier Right.

– Quatre le même jour ? répétèrent 3D et Josh.

– Oui, quatre, confirma le policier. Hier soir, le docteur Getbetter a appelé le commissariat pour signaler que le lapin de ses enfants n'était plus dans sa cage, et le perroquet de madame Rainforest a disparu un peu plus tard.

– J'avais raison ! s'écria Rose. Il y a un voleur d'animaux à Smalltown !

– Il est vrai que ces disparitions sont louches, approuva le policier Right. J'ai d'ailleurs demandé à mon collègue Fair d'enquêter sur cette affaire. Mais il est possible que ton chat soit simplement parti en vadrouille, Rose. J'ai moi-même eu un chat qui adorait partir en excursion.

– Non, Cat n'est pas du genre à disparaître ainsi, lui répondit Rose avec assurance.

Le policier Right hocha la tête et promit aux enfants de les avertir dès qu'il aurait de nouveaux éléments.

Les trois amis quittèrent le commissariat en direction de Main Street.

– On dirait que tu as vu juste, Rose, réagit 3D.

– Ça vaudrait peut-être le coup de rendre visite à madame Turtle, suggéra Josh. C'est souvent chez elle que se retrouvent les animaux perdus. Peut-être que quelqu'un a trouvé Cat et la lui a amenée.

– Bonne idée, Josh ! s'exclama Rose en lui décochant un sourire plein de reconnaissance.

Lorsqu'ils passèrent devant le salon de coiffure, Howard balayait le trottoir devant sa boutique.

– Bonjour Howard ! s'écria Rose. Vous n'auriez pas vu mon gros chat roux, par hasard ?

– Non, Rose, désolé, lui répondit Howard.

À l'animalerie *Petshop*, Mme Turtle lui fit la même réponse :

– Personne ne m'a amené Cat, désolée, Rose. Mais je vais ouvrir l'œil, promis.

3D ajouta :

– Le canari de madame Bird a disparu, lui aussi !

– Et le lapin du docteur Getbetter, et le perroquet de madame Rainforest ! compléta Josh.

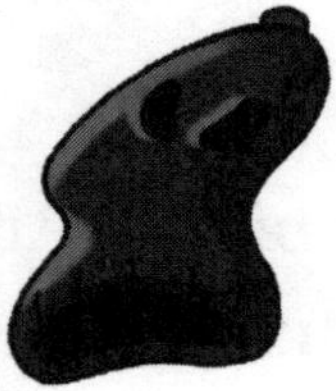

– Quatre animaux disparus ? C'est étrange ! s'inquiéta madame Turtle. Je vais m'assurer immédiatement que mes pensionnaires sont au complet !

– Est-ce que je pourrais utiliser votre téléphone, madame Turtle ? demanda Rose. J'aimerais appeler ma mère pour lui demander si Cat est rentrée à la maison pendant mon absence.

– Bien sûr, vas-y.

Rose composa son numéro, discuta à voix basse avec sa mère, puis raccrocha.

– Cat n'est pas rentrée, annonça-t-elle à ses amis. Qui aurait intérêt à voler un canari, un chat, un perroquet et un lapin ?

– Je n'en sais rien, lui répondit 3D. Mais nous allons le découvrir !

OÙ SONT PARROT ET RABBIT ?

Les trois amis sortirent de l'animalerie et remontèrent Main Street à pas lents, en réfléchissant.

Ce fut Josh qui rompit le silence :

– J'ai lu quelque part que des scientifiques volaient des animaux pour faire des expériences.

– Quelle horreur ! s'exclama 3D.

– Je ne veux pas que Cat serve de cobaye ! s'écria Rose. Il faut que nous retrouvions très vite les animaux disparus. Vous savez où vivent madame Rainforest et le docteur Getbetter ?

– Madame Rainforest habite dans le même quartier que nous, le quartier Flower, précisa 3D.

– Et si on leur rendait visite ? suggéra Rose. Nous trouverons peut-être des indices sur les voleurs.

En coupant par le lycée, ils passèrent devant les caravanes du cirque. Des employés qui buvaient leur café les saluèrent de la main.

Lorsqu'ils atteignirent le quartier Flower, Rose demanda :

– Laquelle est leur maison ?

– C'est la grande maison grise, lui répondit 3D.

En effet, le nom Rainforest était peint en noir sur la boîte à lettres. Rose sonna à la porte.

– Bonjour les enfants ! Comment se passent les vacances ? s'exclama Mme Rainforest en leur ouvrant.

– Pas très bien, lui répondit Rose. Quelqu'un m'a volé mon chat hier.

– Oh Rose ! C'est terrible ! Tu sais que mon perroquet a disparu, lui aussi ?

– Tout comme le canari de madame Bird, intervint Josh.

– Nous arrivons du commissariat, poursuivit 3D, le policier Right nous en a parlé. Il nous a aussi appris la disparition de Rabbit, la lapine du docteur Getbetter.

– Mon Dieu ! s'exclama Mme Rainforest. Vous voulez dire que quatre animaux ont disparu au cours de la journée d'hier ?

– J'en ai peur, soupira Rose. Où se trouvait votre perroquet la dernière fois que vous l'avez vu ?

– Sur la véranda à l'arrière de la maison, dans sa cage, expliqua Mme Rainforest.

– Pourrions-nous la voir ? demanda 3D.

Mme Rainforest les fit entrer. Ils traversèrent la cuisine et débouchèrent sur une véranda protégée par des moustiquaires.

– Parrot se plaît beaucoup ici, leur expliqua Mme Rainforest. Il peut observer les oiseaux dans les arbres. Hier, quand je suis sortie sur la véranda pour y déjeuner, il avait disparu.

3D examina la porte qui ouvrait sur le jardin.

– Cette porte était-elle fermée à clé ? demanda-t-il.

– C'est probable, répondit Mme Rainforest. Mais nous la laissons ouverte la plupart du temps.

– Est-ce que Parrot aurait pu ouvrir la porte de sa cage tout seul ? l'interrogea Josh.

– Non. Nous la fermons toujours avec un cadenas, de façon à ce qu'il ne puisse pas sortir.

– S'il n'a pas pu s'échapper, c'est donc que quelqu'un l'a volé, conclut Rose.

– Oh mon Dieu ! s'exclama Mme Rainforest. Qui aurait cru que le crime sévissait à Smalltown ! Mais je manque à tous mes devoirs... je vous offre quelque chose à boire, les enfants ? Vous devez être assoiffés, il fait si chaud.

– Non, merci, lui répondit Rose. Mais pourrait-on consulter votre annuaire pour trouver l'adresse de la famille Getbetter ?

– Elle habite Duck Street, au numéro trois, lui répondit Mme Rainforest. J'y conduis souvent mon fils Mike, il joue au tennis avec Andy Getbetter.

Les trois amis remercièrent Mme Rainforest et gagnèrent Main Street.

LE MYSTÈRE S'ÉPAISSIT DE PLUS EN PLUS

– Cette histoire est vraiment de plus en plus étrange, marmonna 3D. Un canari et un perroquet volés en plein jour, alors que leurs propriétaires sont chez eux !

– Et Cat se trouvait probablement dans le jardin lorsqu'elle a été capturée, renchérit Rose.

Ils adressèrent un signe de la main à M. Goodbook en passant devant la librairie *Bookshop*, et s'engagèrent dans Chicken Road.

Ils arrivèrent enfin au 3 Duck Street, une grande maison verte entourée d'arbres majestueux. Un garçon était assis sur le perron, une raquette de tennis à la main.

– Bonjour, lui dit Rose en s'avançant. Le docteur Getbetter est-il chez lui ? Nous aimerions lui parler de son lapin.

– Je suis Andy Getbetter, lui répondit le garçon. Rabbit est ma lapine. Vous l'avez retrouvée ?

– Non, mais mon chat a disparu lui aussi, ainsi que deux autres animaux de Smalltown.

3D jeta un regard circulaire sur la pelouse s'étendant devant la maison et demanda :

– Quand est-ce que ton lapin a disparu ?

– Hier, après le déjeuner. Ma sœur a déboulé dans la maison en hurlant. Je me suis précipité dehors, et j'ai trouvé la cage de Rabbit ouverte et vide.

– Tu accepterais de nous la montrer ? questionna Rose.

Andy les conduisit à l'arrière de la maison.

Sous un arbre se trouvait un clapier vide.

– Vous aviez bien fermé la porte ? s'enquit Josh.

– Oui, je la ferme moi-même chaque soir. Mais que se passe-t-il au juste ? s'inquiéta Andy en leur adressant un regard perçant. Un trafic d'animaux ?

– C'est ce que nous essayons de découvrir, lui répondit 3D.

– Eh bien tenez-moi au courant ! J'aimerais bien régler son compte à celui qui a volé Rabbit. Ma petite sœur a pleuré toute la nuit.

En rentrant, les enfants passèrent devant chez Mme Bird.

– Allons prendre de ses nouvelles, suggéra 3D.

Lorsqu'elle leur ouvrit, un sourire resplendissant illuminait son visage.

– Oh, je suis tellement contente ! Vous ne devinerez jamais ! Un homme vient de m'appeler. Il a retrouvé Mozart ! Il me l'amène ce soir à 18 h 30. N'est-ce pas fantastique ?

– Excellente nouvelle, madame Bird ! approuva 3D en échangeant des regards surpris avec Rose et Josh.

– J'aimerais que vous soyez là aussi. Puisque vous m'avez si gentiment aidée à le chercher ! Je préparerai des sablés à la fraise pour fêter dignement son retour.

– Super ! s'exclama Josh.

– À tout à l'heure, alors, lança 3D en agitant la main.

Et ils prirent le chemin du retour.

– On dirait que Mozart n'a pas été volé finalement, se réjouit Josh.

– On dirait, en effet, acquiesça 3D tout en regardant Rose qui, elle, ne souriait pas.

– Il y a quelque chose qui m'échappe, finit-elle par déclarer. Comment cet homme a-t-il appris à qui Mozart appartenait ?

3D haussa les épaules.

– Peut-être a-t-il trouvé Mozart près de chez madame Bird, et découvert qu'il s'agissait de son canari en interrogeant les voisins.

– À moins que l'homme qui a trouvé Mozart ne soit le même que celui qui l'a volé, argumenta Rose.

– C'est complètement absurde ! s'exclama 3D. Pourquoi voler un canari le jeudi et le rendre à son propriétaire le vendredi ?

– Pour obtenir une récompense, expliqua Rose en fronçant les sourcils. Le voleur s'empare d'animaux qu'il rend à ses propriétaires contre de l'argent.

3D et Josh observèrent Rose avec étonnement. Ils achevèrent le trajet en silence.

LE SAUVEUR DE MOZART

3D et Rose avaient fini de dîner et attendaient Josh, assis sur le perron de la maison de 3D.

– Toujours pas de nouvelles de Cat? s'inquiéta 3D.

Rose hocha la tête en soupirant.

– Les chats ont parfois un comportement très mystérieux, tenta de la réconforter 3D. Si ça se trouve, elle est en vacances chez un de ses copains.

– Elle n'est jamais restée si longtemps loin de la maison, lui répondit Rose en baissant la tête.

3D se rendit alors compte que les cheveux bruns et bouclés de son amie lui tombaient sur les yeux : elle avait oublié de mettre un bandeau ! C'était rarissime.

Josh déboula à cet instant de Wood Street, son carnet de croquis sous le bras.

– Est-ce que Cat est revenue ? demanda-t-il avec espoir.

– Non, lui répondit Rose en se levant. Allons-y, il est temps de découvrir l'identité du sauveur de Mozart.

Quelques minutes plus tard, ils sonnaient à la porte de Mme Bird tandis que Rose déclarait d'un air décidé à ses amis :

– Si cet homme a des traces de griffures sur les mains, j'appelle immédiatement le policier Right.

Mme Bird leur ouvrit. Elle s'était faite belle pour l'occasion, et portait un collier orné d'une pierre verte qui brillait dans le soleil couchant.

– J'espère que vous avez faim, leur dit-elle d'emblée, j'ai préparé mes fameux sablés pour fêter le retour de mon canari.

– Je pense pouvoir en grignoter quelques-uns, déclara Josh en souriant.

– Je n'en doute pas, Josh ! s'exclama la vieille dame. Je sais de quoi tu es capable lorsqu'il s'agit de manger.

Elle les conduisit au salon. La cage de Mozart était posée sur le piano.

– Je suis si heureuse à l'idée d'entendre Mozart chanter à nouveau, murmura Mme Bird.

Elle avait à peine fini sa phrase que la sonnette retentit.

– Le voilà ! s'écria-t-elle en se précipitant vers la porte, suivie des trois amis.

Un jeune homme mince et souriant se tenait sur le seuil. Il portait une chemise blanche, un pantalon foncé, des bretelles bleues et tenait une petite boîte percée de trous.

– Je m'appelle Fred Little, se présenta-t-il, et voici votre canari.

3D observa les mains de l'homme comme il tendait la boîte à Mme Bird, et ne remarqua aucune trace de griffure. Il lança un regard à Rose.

– Merci beaucoup, monsieur Little, vous entrerez bien un instant ? proposa la vieille dame.

Puis elle lui présenta 3D, Josh et Rose avant de sortir son canari de la boîte.

– Eh bien, Mozart, as-tu profité de tes vacances ?

Elle déposa un baiser léger sur sa tête et le mit dans sa cage.

Tout le monde regarda le petit oiseau sautiller puis s'installer confortablement pour se lisser les plumes.

– Je ne saurais vous dire à quel point je vous suis reconnaissante d'avoir retrouvé Mozart, cher monsieur Little, déclara Mme Bird. Mais comment avez-vous su qu'il m'appartenait ?

Rose décocha un léger coup de pied à 3D.

– J'ai dû mener une véritable enquête, répondit Fred Little en souriant. J'ai appelé l'animalerie *Petshop* pour demander qui, à Smalltown, possédait un canari. Une femme m'a très gentiment donné votre nom et j'ai trouvé votre adresse dans l'annuaire.

– C'est sûrement madame Turtle, l'informa 3D. Nous avons discuté avec elle aujourd'hui à propos du chat de Rose, qui a disparu lui aussi. Vers quelle heure l'avez-vous appelée ?

– Je ne m'en souviens pas exactement, répondit l'homme en fixant 3D. Juste après avoir trouvé le canari.

– C'est très aimable à vous de vous être donné toute cette peine, dit Mme Bird. Accepteriez-vous une récompense ?

Rose jeta un clin d'œil à 3D.

– C'est pour moi une récompense suffisante de savoir que Mozart a retrouvé son foyer, répondit l'homme.

3D regarda Rose qui avait l'air déçue. « S'il n'accepte pas de récompense, c'est qu'il n'est pas responsable de la disparition de Mozart. Et si Mozart n'a pas été volé, peut-être que Cat ne l'a pas été non plus », pensa 3D.

– Vous accepterez tout de même une tasse de thé et quelques gâteaux ? lui demanda Mme Bird.

– Avec plaisir ! Mais j'aimerais d'abord utiliser vos toilettes, s'il vous plaît.

– C'est la première porte à droite dans le couloir, précisa Mme Bird. Les enfants, vous me donnez un coup de main à la cuisine ?

Pendant que Mme Bird faisait chauffer de l'eau et préparait son service à thé en argent, les trois amis disposèrent les sablés sur un plateau.

– Je n'en reviens pas qu'il ait refusé la récompense, marmonna Rose en fronçant les sourcils. Et je n'en reviens pas de m'être trompée !

– Ce type est louche tout de même, murmura 3D. Pourquoi madame Turtle ne nous a-t-elle pas parlé de lui ?

– Nous l'avons vue ce matin, lui rappela Josh. Fred Little l'a probablement appelée plus tard dans la journée.

– Oui, sûrement, répondit 3D.

– Mais il n'empêche que j'ai la nette impression d'avoir déjà vu Fred Little quelque part, poursuivit Josh.

– À Smalltown ? lui demanda Rose.

– Je n'arrive pas à m'en souvenir...

– Qu'êtes-vous en train de comploter, tous les trois ? les interrompit Mme Bird. Je vais avoir besoin de votre aide.

Une fois que chacun eut pris place autour de la table de bridge du salon, Mme Bird, rayonnante, servit le thé, tout en engageant la conversation avec Fred Little :

– Êtes-vous de passage à Smalltown ? Je ne vous avais encore jamais rencontré dans le coin.

– Je suis venu ici pour chercher du travail, lui expliqua-t-il.

– Vous envisagez de vous installer dans notre petite ville ? Ce serait formidable !

– C'est un endroit agréable, dit Fred Little en jetant un regard circulaire autour de lui. Et votre maison est véritablement charmante, madame Bird.

– Je vous remercie. Quand mon mari était encore de ce monde, nous voyagions beaucoup, et nous avons rapporté un souvenir de chaque pays que nous avons visité.

Fred Little prit congé quelques minutes plus tard, et les enfants aidèrent Mme Bird à tout ranger.

– Est-ce que tu as encore de la place pour quelques sablés ? demanda-t-elle à Josh en souriant.

– Absolument ! lui répondit-il en s'emparant de son carnet de croquis.

Il commença à faire le portrait de Fred Little.

– J'aimerais me rappeler où j'ai déjà vu cet homme.

CAMBRIOLAGES À SMALLTOWN

Cette nuit-là, un orage força les enfants à quitter leurs tentes pour se réfugier chez eux.

Et le lendemain matin, comme il pleuvait encore, ils jouèrent au Monopoly chez 3D.

– Eh, Rose, c'est à ton tour, répéta Josh.

Debout près d'une fenêtre, son amie contemplait le jardin noyé sous la pluie.

– Je sais, Josh, mais je n'arrive pas à me concentrer en sachant que Cat est dehors par ce temps.

3D et Josh échangèrent un regard mais ne trouvèrent rien à répondre.

– Si Fred Little n'est pas responsable de la disparition des animaux, alors qui est le coupable ? s'interrogea Rose en se tournant vers les garçons.

Puis elle regagna sa place face au plateau de jeu.

– Si nous pouvions découvrir le mobile du voleur, reprit 3D après réflexion, nous pourrions peut-être déterminer *qui* a intérêt à agir ainsi.

– Je suis convaincue que l'argent est le mobile, dit Rose en s'emparant de sa pile de billets de Monopoly. On kidnappe généralement les gens pour obtenir une rançon, non ?

Les garçons acquiescèrent.

– Mais aucune des personnes dont l'animal a disparu n'a reçu de demande de rançon, objecta Josh.

– Pas encore ! rectifia Rose en rangeant ses billets. Bon, je rentre. Maman a passé une annonce dans le journal de ce matin, et je veux être à la maison au cas où quelqu'un appelle pour nous donner des nouvelles de Cat.

Elle enfila son imperméable et partit sous la pluie.

– C'est la première fois que je vois Rose dans cet état, commenta Josh lorsqu'elle eut refermé la porte derrière elle. Tu te rends compte qu'on ne se dispute même plus !

– Oui, et elle ne prend plus la peine de s'habiller d'une seule couleur, tu as remarqué ? renchérit 3D. J'espère que Cat va vite revenir.

Comme le temps s'était amélioré, 3D et Josh purent à nouveau dormir sous la tente cette nuit-là.

Le lendemain matin, c'est une Rose vêtue d'un short en jean et d'un vieux tee-shirt qui les tira du sommeil. Elle n'avait pas pris le temps de faire ses lacets, qui étaient couverts de boue.

– Lisez ça ! ordonna-t-elle en agitant le *Sunday Paper* sous leur nez.

Elle avait entouré un paragraphe au crayon rouge. Josh et 3D s'installèrent à la table du jardin pour le lire.

L'article faisait partie de la rubrique Faits divers. Après l'avoir parcouru rapidement, 3D le lut à voix haute :

– Le policier Right nous informe que deux cambriolages ont eu lieu hier soir à Smalltown. Des malfaiteurs se sont introduits chez le docteur Getbetter et chez monsieur et madame Rainforest. Ils leur ont dérobé plusieurs objets de valeur. Une enquête est en cours.

3D releva la tête et s'exclama :

– Eh bien ! Quelle histoire ! Se faire voler son animal de compagnie et être cambriolé quelques jours plus tard !

– Je suis sûre qu'il y a un lien entre les deux affaires ! s'écria Rose. Quelqu'un vole des animaux de compagnie, puis pénètre chez leurs propriétaires pour les cambrioler.

– Mais pourquoi capturer un animal avant de cambrioler une maison ? s'étonna 3D.

– Oui, pourquoi ? répéta Josh. Et pourquoi madame Bird et toi, Rose, n'avez-vous pas été cambriolées ?

– Il a raison, Rose, poursuivit 3D. Pourquoi cambrioler seulement deux maisons sur quatre ?

– Je ne sais pas, admit Rose en fronçant les sourcils. Mais nous devrions tenter de le découvrir. Retournons voir les Getbetter et les Rainforest. Les cambrioleurs ont peut-être laissé des indices derrière eux.

Ils se précipitèrent vers le quartier Flower et sonnèrent chez les Rainforest.

M. Rainforest leur ouvrit la porte en robe de chambre.

– Oh bonjour les enfants ! Ma femme m'a dit que vous étiez passés vendredi. Devinez la nouvelle ! Hier après-midi, quelqu'un a retrouvé notre perroquet et nous l'a ramené !

Rose fixa M. Rainforest, incrédule.

– Quelqu'un vous a ramené Parrot hier ?

M. Rainforest opina et poursuivit :

– Oui, et pour fêter son retour j'ai emmené toute ma famille au restaurant. Mais quand nous sommes rentrés, la maison avait été cambriolée. Ces brigands ont dérobé ma collection de pièces de monnaie.

– Je suis désolé, compatit 3D. Est-ce que je peux vous demander qui a ramené Parrot ?

– Une gentille jeune femme, qui l'a trouvé en train de picorer des graines dans son jardin.

– Est-ce que vous l'avez invitée à entrer chez vous ? demanda Rose en fronçant les sourcils.

Mais avant que M. Rainforest ne réponde, 3D s'exclama :

– A-t-elle vu votre collection de pièces de monnaie ?

– Oh oui, bafouilla M. Rainforest, vous pourriez bien avoir raison ! Ma collection se trouve dans le salon, où nous avons passé un moment avec cette jeune femme. Vous pensez qu'elle serait revenue pour la voler ?

3D, Josh et Rose échangèrent un regard. Celui de Rose signifiait clairement : « Je vous l'avais bien dit… »

– C'est sans doute ce qui s'est passé, monsieur Rainforest, finit par répondre 3D.

Les trois amis remercièrent M. Rainforest, puis se précipitèrent chez les Getbetter.

Rose était à bout de souffle lorsqu'elle sonna à la porte, qui s'ouvrit sur Mme Getbetter.

– Tiens voilà les inséparables ! Comment allez-vous tous les trois ?

– Bien madame Getbetter, merci. Est-ce que par hasard quelqu'un vous aurait ramené votre lapine hier, avant que votre maison soit cambriolée ?

– Oui, mais comment le savez-vous ? Un couple charmant nous a appelés en disant avoir trouvé Rabbit dans son jardin. Ils nous l'ont ramenée hier après-midi.

3D expliqua à Mme Getbetter comment le perroquet des Rainforest leur avait été rendu juste avant qu'ils soient cambriolés.

Mme Getbetter écarquilla les yeux.

– Bien sûr, comme je suis bête ! Ce couple est entré chez nous, ils ont même pris un verre avec nous. Mon mari leur a offert une récompense mais ils l'ont refusée.

– Que vous ont-ils volé ? lui demanda Josh.

– Des bijoux de valeur, que je tenais de ma grand-mère.

Rose réfléchit un instant avant de demander :

– L'un d'eux s'est-il absenté pour aller aux toilettes ?

– Oui, la jeune femme. Elle a pu en profiter pour fouiller dans ma chambre. Je me sens si bête de n'avoir rien soupçonné !

Les enfants dirent au revoir à Mme Getbetter puis se dirigèrent vers Main Street.

– J'en étais sûre ! explosa Rose. Voleurs d'animaux et cambrioleurs ne font qu'un !

– Quelle bande d'escrocs, s'indigna Josh. C'est dégoûtant d'agir ainsi.

– Et de s'attaquer à deux familles de suite, renchérit 3D en hochant la tête, écœuré.

– Deux ? Tu veux dire trois ! s'exclama Rose. Tu oublies madame Bird !

– Madame Bird ? Mais elle n'a pas été... protesta Josh avant de comprendre. Oh mince !

– Eh oui ! Je suis prête à parier que madame Bird sera la prochaine personne cambriolée ! s'écria Rose.

– Madame Bird ou bien toi, Rose, précisa 3D.

– Personne ne m'a ramené Cat, observa-t-elle, donc personne n'a pu faire de repérages chez moi. Dépêchez-vous, il faut qu'on prévienne le policier Right !

UN SUSPECT

Ils se précipitèrent directement au commissariat.

Tandis qu'ils gravissaient les marches quatre à quatre, Josh s'interrogea à voix haute :

– Est-ce que le policier Right travaille le dimanche matin ?

– On va vite le savoir, lui répondit 3D.

Il venait à peine de prononcer ces mots qu'ils manquèrent renverser le policier Right, qui sortait d'un bon pas du commissariat.

– Vous veniez me voir, les enfants ? leur demanda-t-il. J'allais déjeuner au restaurant *Funfood*.

– Nous savons qui est responsable des cambriolages ! s'écria Rose.

– Vraiment ? Alors on ferait mieux d'aller en discuter dans mon bureau.

Une fois assis dans son fauteuil, il s'empara d'un stylo et d'un bloc-notes.

– Je t'écoute, Rose.

Rose lui exposa alors sa théorie : les voleurs d'animaux repéraient les objets de valeur en ramenant les animaux à leurs propriétaires, puis revenaient plus tard pour les dérober.

Le policier lui déclara en souriant :

– Je crois que tu as vu juste, Rose. Je suis parvenu aux mêmes conclusions que toi.

– Et savez-vous que madame Bird a récupéré son canari ? lui demanda-t-elle.

Elle échangea un regard avec 3D et Josh et s'écria :

– Nous pensons que sa maison sera la prochaine à être cambriolée !

– Ça alors ! marmonna le policier tout en prenant des notes. Quand lui a-t-on rendu son canari ?

– Vendredi soir, expliqua Josh. Un homme l'a appelée en lui disant qu'il avait trouvé Mozart. Il le lui a ramené alors que nous étions chez elle.

– Décris-moi cet homme, Josh, s'il te plaît.

Josh décrivit Fred Little, et le policier prit de nouvelles notes.

Il lui donna également le portrait qu'il avait réalisé de Fred Little quand ils avaient rendu visite à Mme Bird.

– Ne pourriez-vous pas arrêter Fred Little avant qu'il s'introduise chez madame Bird ? demanda Rose.

Le policier tapota sur son bloc avec son stylo et jeta un regard aux trois amis avant de répondre :

– Fair et moi avons passé ces derniers jours à tenter de retrouver les personnes qui avaient rendu leurs animaux aux familles Rainforest et Getbetter. Sans succès. Nous allons maintenant nous lancer à la recherche de ce Fred Little pour l'interroger.

Le policier posa ses coudes sur le bureau et fronça les sourcils.

– C'est vrai qu'il a rendu son canari à Leona Bird et qu'il a profité de l'occasion pour entrer chez elle. Mais si cela évoque la façon dont les cambriolages précédents se sont déroulés, cela ne prouve pas qu'il en soit l'auteur.

– Donc vous ne pouvez pas l'arrêter ? conclut Josh.

Le policier hocha la tête.

– Même si nous savions où trouver Fred Little, on ne peut pas l'arrêter parce qu'on le soupçonne d'être sur le point de commettre un crime.

– Mais nous ne pouvons pas rester les bras croisés sans rien faire ! protesta Rose.

– Vous en avez déjà fait beaucoup, il me semble, rétorqua le policier. Vous m'avez appris que Leona Bird avait récupéré son oiseau. Fair et moi vous sommes vraiment reconnaissants de votre aide. Ne vous inquiétez pas, déclara-t-il en les raccompagnant à la porte, nous nous occupons de cette affaire.

ROSE SEULE CONTRE TOUS

Une fois dehors, Rose répéta :

– On ne peut pas rester sans rien faire !

– Absolument d'accord ! approuva Josh. Le cirque quitte Smalltown demain, et nous n'avons pas utilisé les entrées que le policier Right nous a offertes l'autre jour...

3D éclata de rire, et les deux garçons parvinrent à convaincre Rose d'aller passer un moment au cirque.

Ils regardèrent quelques animaux faire leur numéro, achetèrent du popcorn et, comme Rose n'avait pas envie de faire un tour de manège, ils décidèrent de se rendre sous le chapiteau des clowns.

Deux clowns habillés en pompiers couraient dans tous les sens sur la piste et se heurtaient à chaque fois qu'ils se croisaient, tandis qu'un immeuble en carton-pâte était la proie d'un faux incendie.

De la fumée s'échappait d'une fenêtre où se trouvait une femme-clown appelant à l'aide.

Des enfants dans le public se mirent à crier à l'attention des deux clowns-pompiers :

– Sauvez-la, sauvez la dame !

Les clowns se précipitèrent vers l'immeuble mais ils se prirent les pieds dans leur lance à incendie, provoquant l'hilarité générale.

Soudain, un clown en costume de Superman juché sur des échasses fit son apparition. Il portait une chemise bleue sous sa cape rouge, et son long pantalon bleu clair dont les jambes dissimulaient les échasses était retenu par des bretelles jaunes.

Superman fit voler sa cape et claquer ses bretelles, puis il se dirigea vers l'immeuble en flammes et sauva la femme-clown sous les hourras du public.

3D remarqua que Rose ne prêtait aucune attention au spectacle, et fit signe à Josh. Les trois amis quittèrent le chapiteau.

– Ce serait génial d'avoir des échasses, s'écria Josh en imitant la démarche du clown et en faisant claquer des bretelles imaginaires. Est-ce que vous croyez que les cirques engagent des enfants ?

– Oui, lui répondit 3D, pour nourrir les tigres !

Aussitôt il pensa à Cat qui avait disparu et il proposa à son amie :

– Tu viens à la maison ? On pourrait finir notre partie de Monopoly.

– Cette enquête n'a vraiment pas l'air de vous intéresser ! grommela-t-elle en secouant la tête.

– Si, bien sûr que si, protesta 3D, mais que veux-tu qu'on fasse de plus ? Le policier Right a dit qu'il était à la recherche des personnes qui ont rendu les animaux à leurs propriétaires.

– Eh bien moi, je sais comment on pourrait l'aider, murmura son amie, les yeux brillants.

– Rose, le policier Right n'a pas besoin de notre aide, intervint 3D.

Mais Rose ignora sa remarque et poursuivit :

– Vous campez dans le jardin, ce soir ?

– Oui, lui répondit 3D en hochant la tête. Pourquoi ?

– Je vous apporterai des gâteaux si vous promettez de m'accompagner quelque part, lui dit Rose en souriant d'un air mystérieux.

– Où veux-tu qu'on t'accompagne ? s'inquiéta Josh. Et pourquoi prends-tu cet air rusé ?

– Habillez-vous avec des vêtements foncés, ordonna-t-elle. Nous allons surveiller la maison de madame Bird !

MADAME BIRD SOUS SURVEILLANCE

– Tu veux qu'on surveille la maison de madame Bird ! s'étonna Josh.

Rose opina.

– Comme dans un film policier ? ajouta 3D.

Elle acquiesça de nouveau.

– Tu penses qu'elle va être cambriolée ce soir ? reprit Josh.

Troisième hochement de tête.

– Et j'ai l'intention d'être là pour voir qui fait le coup, précisa-t-elle enfin avec un large sourire.

– Mais imagine qu'un cambrioleur se présente pour de bon, lui dit 3D, qu'est-ce que tu comptes faire ? Te jeter sur lui et le ficeler ?

– Ah oui ! Bonne idée ! s'exclama Josh. J'apporte de la corde !

– Pas de corde, non, rétorqua Rose. On va juste s'asseoir et observer ce qui se passe. Si un cambrioleur se présente, l'un de nous courra prévenir la police, les deux autres resteront pour le surveiller et le suivre s'il s'en va.

– Le suivre où ? demanda 3D après un instant de réflexion.

– Où qu'il aille. Il nous conduira peut-être à l'endroit où il cache ce qu'il a volé, et peut-être y trouverons-nous Cat.

– Bon, je pense qu'il n'y a pas de risques, à condition qu'on se contente de l'observer, conclut 3D.

– Attendre et observer, c'est tout ce que nous ferons, approuva Rose.

– Et manger des gâteaux, aussi ! compléta Josh.

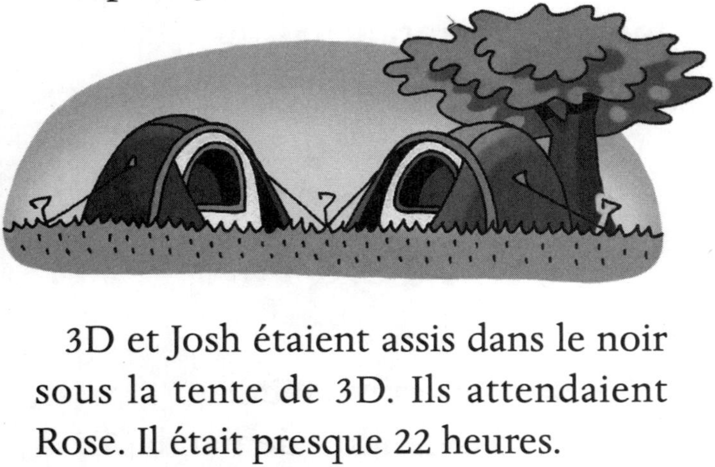

3D et Josh étaient assis dans le noir sous la tente de 3D. Ils attendaient Rose. Il était presque 22 heures.

Josh portait un pantalon sombre et un tee-shirt noir. 3D avait enfilé un jean et un sweat gris foncé.

– Mais qu'est-ce qu'elle fabrique ? marmonna Josh.

3D souleva la toile de la tente pour regarder alentour avant de râler :

– Si mes parents me surprennent en train de me balader dans Smalltown la nuit, ils vont me tuer.

– Les miens me priveront de sortie pendant au moins dix ans ! grogna Josh. On n'aurait pas dû se laisser convaincre par Rose.

Soudain un bruit retentit.

– Tu as entendu ? demanda 3D à voix basse.

Josh passa la tête à l'extérieur.

– Rose ? C'est toi ?

– Bouh ! fit Rose en riant. Je suis là !

3D sortit lui aussi la tête de la tente.

– Rose, ça suffit maintenant ! dit-il. Où est-ce que tu te caches ?

– Mais je ne me cache pas !

Tout à coup, 3D aperçut Rose assise à quelques pas de la tente, juste en face de lui. Elle portait un jean et un blouson noirs, un bonnet noir, et son visage était maquillé de noir. Le blanc de ses yeux mis à part, Rose était pratiquement invisible.

– Qu'est-ce que tu t'es mis sur le visage ? s'inquiéta 3D.

– Du cirage noir, lui répondit-elle en sortant une petite bouteille de son sac. Tenez, mettez-en, vous aussi.

– On est vraiment obligés ? râla 3D.

– Oui ! À ton avis, comment réagira le cambrioleur en voyant vos deux visages éclairés par la lune ?

3D versa un peu de cirage dans sa main et l'étala sur son visage.

– Ça pue, ce truc, murmura-t-il.

Josh se maquilla lui aussi, mais avec plus d'entrain.

– J'ai l'impression d'être Rambo, confia-t-il avec un sourire radieux.

– Vous êtes prêts ? Allons-y, dit enfin Rose.

Les garçons lui emboîtèrent le pas, et ils s'engagèrent dans Wood Street.

La lune presque pleine était voilée par de gros nuages lorsque les trois amis s'introduisirent dans le jardin de Mme Bird. 3D essayait de ne pas penser à la réaction de ses parents s'ils apprenaient ce qu'ils étaient en train de faire.

Rose choisit leur cachette, un coin d'ombre entre deux buissons touffus à l'arrière de la maison.

Ils s'installèrent confortablement sur la pelouse.

– Rose, tu as pensé aux gâteaux ? s'inquiéta Josh. Je commence à avoir un petit creux.

– Oui, mais gardons-les pour plus tard. Si ça se trouve, on va passer plusieurs heures ici.

– Les gens qui ne tiennent pas leurs promesses sont absolument... commença Josh.

– Rose a raison, Josh, l'interrompit 3D à voix basse. Et je pense qu'on devrait se taire, maintenant. Si le cambrioleur nous entend lorsqu'il s'approchera de la maison, il fera demi-tour.

Cinq secondes passèrent avant que Josh ne reprenne la parole.

– Rose, juste un petit gâteau...

– Josh, on est en planque, là, pas au *Funfood* !

– Je te signale que les flics mangent, eux, lorsqu'ils sont en planque !

– JOSH ! CHUT !

3D scruta la maison, à la recherche d'ombres mouvantes. Rien ne bougea.

Il chassa un moustique.

Un chat blanc traversa la pelouse.

3D bâilla.

Il regardait sa montre toutes les deux minutes.

Il ferma les yeux.

Lorsqu'il les rouvrit, il était presque 23 heures. Josh dormait profondément mais Rose, elle, avait les yeux grand ouverts.

– Tu as faim ? chuchota-t-elle.

Il acquiesça et réveilla Josh.

Rose ouvrit son sac à dos et en sortit un paquet de gâteaux, trois bananes et trois briques de jus de pomme.

Ils mangèrent en silence.

– Merci, Rose, murmura Josh lorsqu'il eut fini.

Puis il s'allongea à nouveau et se rendormit aussitôt. 3D bâilla et essaya de trouver une position plus confortable sur le gazon.

Si seulement il avait apporté son sac de couchage, qui était si doux et... Soudain il vit une silhouette bouger dans l'ombre de la maison.

3D secoua Josh et alerta Rose :

– Regarde ! lui murmura-t-il à l'oreille en pointant l'intrus du doigt.

Mais il eut beau scruter l'arrière de la maison, la silhouette avait disparu, il ne voyait rien d'autre que les ombres des arbres et des buissons du jardin.

Soudain, la silhouette bougea à nouveau avec souplesse.

– Il est là ! souffla Josh en tremblant d'excitation.

3D sentit la peur lui nouer l'estomac tandis qu'il observait le cambrioleur, vêtu de noir et d'une casquette de base-ball, progresser le long de la maison. Il portait un sac de gym et une perche. Son visage était invisible dans la pénombre. Il tenta, sans succès, d'ouvrir les fenêtres du rez-de-chaussée, puis il disparut de l'autre côté de la maison.

– Qu'est-ce qu'on fait ? On le suit ? lança Josh. Vous pensez qu'il s'en va ?

– Non, il a laissé ses affaires, répondit 3D.

– Est-ce que vous avez vu son visage ? les interrogea Rose.

– Malheureusement, non, murmurèrent en chœur les deux garçons.

La silhouette réapparut alors, de dos, la tête levée vers le premier étage de la maison. Quand l'homme se retourna, il avait le regard fixé dans la direction de 3D, finalement ravi de s'être couvert le visage de cirage. Josh lui serra le bras et dit :

– C'est l'homme au canari !

Rose laissa échapper un cri étouffé.

Fred Little se dirigeait droit sur eux !

TROIS PETITS NINJAS

3D crut que son cœur allait exploser dans sa poitrine, et il sentit Rose et Josh se recroqueviller.

Mais l'homme s'arrêta à quelques pas de leur cachette, retira sa veste et la suspendit à une branche juste au-dessus de 3D avant de retourner vers la maison.

Josh agrippa le bras de son ami.

– Regarde, murmura-t-il, il porte des bretelles jaunes !

– C'est le clown Superman ! s'exclama 3D.

– Il joue aussi le rôle du clown-girafe, renchérit Josh, je savais bien que je l'avais déjà vu quelque part !

Fred Little ouvrit son sac et en sortit une corde enroulée qu'il posa sur ses épaules.

Puis il se saisit de la longue perche qu'il avait apportée. Mais les enfants comprirent rapidement qu'il s'agissait en fait d'une paire d'échasses !

Il les appuya contre le mur de la maison, puis se hissa sur les étriers. Désormais à trois mètres du sol, il avança à grandes enjambées jusqu'à une fenêtre du premier étage par laquelle 3D, ébahi, le vit se glisser comme un serpent.

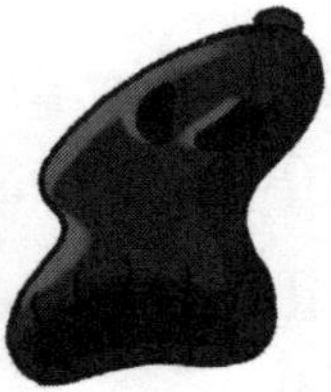

Josh murmura à l'oreille de 3D en désignant les échasses :

– Est-ce qu'on ne devrait pas…

Mais il fut interrompu par Rose qui s'exclama à voix basse :

– Chut ! Attendons la suite !

Soudain la corde se déroula le long du mur.

– Regardez, il va redescendre ! observa Rose.

– Si on cachait ses échasses et sa corde, il serait pris au piège, dit Josh.

– Tu oublies que madame Bird est dans la maison. Non, il vaut mieux attendre qu'il sorte pour le prendre en filature.

– L'un de nous devrait aller prévenir la police tout de suite, murmura 3D.

Mais aucun des trois amis ne voulait manquer la suite des événements, qui d'ailleurs se précipitèrent !

La lumière s'alluma à l'étage de la maison et un hurlement retentit, suivi d'un long coup de sifflet.

3D se leva brusquement. Dire que Mme Bird était seule à l'intérieur avec le cambrioleur, peut-être dans la même pièce que lui !

Était-ce elle qui venait de pousser ce hurlement ?

Une silhouette se découpa devant la fenêtre ouverte et une seconde plus tard, Fred Little se laissait glisser le long de la corde, qu'il lâcha bien avant de toucher terre.

Soudain, le jardin ne fut plus qu'une explosion de bruits et de couleurs.

Une voiture de police traversa la pelouse de Mme Bird dans un rugissement, et le gyrophare éclaira la scène en rouge, jaune et bleu.

Un vrai feu d'artifice !

Le hululement de la sirène couvrit le son du sifflet, puis le calme revint quand les officiers Right et Fair sortirent du véhicule.

– Pas un geste ! cria le policier Right à Fred Little, recroquevillé contre le mur de la maison.

3D vit la panique puis l'incrédulité se succéder sur le visage du malfaiteur.

Il suffit de quelques secondes aux policiers pour lui passer les menottes.

Comme le policier Fair l'entraînait vers la voiture de police, la porte de la maison s'ouvrit…

Mme Bird fit son apparition, vêtue d'une chemise de nuit blanche et de chaussons trop grands pour elle.

Elle traversa le jardin en faisant claquer ses semelles, et se dirigea droit sur Fred Little.

Le visage de Mme Bird était luisant de crème et elle portait un bonnet en dentelle. Mais le plus surprenant était la longue épée qu'elle brandissait au-dessus de sa tête.

– Quel culot ! hurla-t-elle au clown terrorisé. Oser entrer dans la chambre d'une dame !

L'épée étincela dans la lumière du gyrophare et, l'espace d'un instant, 3D crut que la vieille dame allait l'abattre sur le cambrioleur.

– Je vous ai entendu fouiller à la recherche de mes bijoux ! Dire que je vous ai offert du thé et des gâteaux !

– Allons-y, décida alors Rose.

Et trois petits ninjas sortirent des fourrés, à la surprise générale.

LE RETOUR DE CAT

Rose s'avança d'un pas lourd vers Fred Little et se planta devant lui.

– Où est Cat ? lui demanda-t-elle.

– De qui parles-tu ? répliqua-t-il avec un mouvement de recul.

– Cat, c'est le nom de ma chatte. Est-ce que vous l'avez volée ? Où est-elle ?

– Je n'ai volé aucun chat, marmonna Fred Little. Je suis allergique aux chats.

– Qu'est-ce que vous faites ici, les enfants ? intervint le policier Right en fronçant les sourcils.

– Nous étions sûrs que quelqu'un essayerait de cambrioler madame Bird cette nuit, expliqua Rose en désignant le malfaiteur. Nous voulions réunir suffisamment de preuves pour que vous puissiez l'arrêter.

– Le cambrioleur, c'est Fred Little, poursuivit Josh. C'est lui qui a rendu son canari à madame Bird. Et c'est aussi l'un des clowns du cirque.

– Et c'est sûrement lui qui est l'auteur des deux autres cambriolages, conclut 3D.

– Vous avez sans doute raison, approuva le policier Right avant de donner des ordres à l'autre policier.

Ce dernier fit monter Fred Little dans la voiture de police et démarra.

– Nous reparlerons de tout cela demain, dit le policier d'une voix sévère. En attendant, les enfants, je vous raccompagne chez vous et au lit !

– Vous plaisantez ! s'exclama Mme Bird. Je n'ai aucune envie d'aller me coucher. Je vous invite : chocolat chaud et gâteaux pour tout le monde !

Le policier Right hocha la tête d'un air désapprobateur mais obtempéra avec le sourire.

Dans la cuisine, 3D remarqua la cage de Mozart, recouverte d'un drap.

Mme Bird mit du lait à chauffer, sortit des tasses, puis ôta le drap. Aussitôt, Mozart se mit à gazouiller.

– Tu nous as causé bien du souci, dit Mme Bird à son canari.

– Pourtant c'est en partie grâce à lui que nous avons résolu l'enquête, puisqu'il nous a orientés vers Fred Little, déclara le policier Right. J'ai trouvé des informations intéressantes à son sujet et au sujet de sa petite amie. Voilà un moment qu'ils cambriolent certaines maisons des villes qu'ils traversent avec le cirque. Et ils procèdent toujours de la même manière. Ils enlèvent des animaux domestiques, les ramènent à leurs propriétaires et en profitent pour repérer leurs objets de valeur qu'ils reviennent voler plus tard.

– Vous auriez dû voir la tête de cet individu lorsque j'ai allumé la lumière ! reprit Mme Bird. J'en ai des frissons rien que d'y repenser. Mais comment a-t-il su que je n'avais pas fermé la fenêtre des toilettes de l'étage ?

– Il a peut-être remarqué qu'elle était ouverte lorsqu'il est venu voler votre canari, suggéra le policier.

– À moins que ce ne soit lui qui l'ait ouverte, intervint 3D. Il a pu se glisser à l'étage lorsqu'il est allé aux toilettes, vendredi soir.

– Tu as peut-être raison, 3D, admit le policier. Ses échasses lui permettent d'accéder à des fenêtres que les gens laissent habituellement ouvertes. Il est connu dans le milieu parce qu'il entre souvent par le premier étage.

– Désormais, cette fenêtre restera fermée ! déclara Mme Bird.

– Comment avez-vous su que Fred Little tenterait sa chance aujourd'hui ? demanda 3D au policier.

– Le cirque quitte Smalltown demain, alors c'était ce soir ou jamais. Fair et moi nous sommes garés au coin de la rue, et voilà le travail.

Quelqu'un frappa à la porte.

– Tiens, en parlant de Fair, c'est sûrement lui, dit le policier en s'étirant. Je lui ai demandé de venir nous chercher. On va vous raccompagner, les enfants. J'espère qu'on n'a pas trop abîmé votre pelouse, Leona.

– Oh, ce n'est rien. Grâce à vous, j'ai encore tous mes bijoux et un couple de criminels est derrière les barreaux, c'est tout ce qui compte.

Le policier Right éclata de rire.

– Vous auriez pu arrêter Fred Little toute seule, avec votre épée, remarqua-t-il. D'où vient-elle ?

– Mon mari l'a rapportée d'un de nos voyages, répondit-elle. Cela fait des années qu'elle est cachée sous mon lit, au cas où j'en aurais besoin.

– Vous avez vu la tête de Fred Little ? demanda Josh. Je crois que madame Bird l'a terrorisé et qu'il était content d'aller en prison !

Les policiers raccompagnèrent les trois amis chez 3D.

– Bonne nuit, leur dit Right. Et fini de traîner dans les rues, d'accord ?

Ils lui promirent de se coucher immédiatement, et regardèrent la voiture de police s'éloigner dans la rue.

– Je me demande si Fred Little a dit la vérité à propos de Cat, lança Rose. Tous les animaux sont rentrés chez eux, sauf elle.

– Demain on t'aidera à la chercher, promit 3D, pas vrai, Josh ?

– Absolument. On sonnera à toutes les portes de Smalltown s'il le faut.

Rose hocha la tête, l'air triste.

– Merci, les garçons.

Ils lui souhaitèrent bonne nuit puis se faufilèrent dans le jardin et regagnèrent leur tente.

Une fois allongé dans le noir, Josh se mit à rire.

– Quand madame Bird a déboulé dans le jardin avec le visage luisant de crème, je l'ai prise pour un fantôme !

– Et Fred Little ? renchérit 3D. Tu as vu à quelle vitesse il est sorti de la maison ? On aurait dit une fusée ! Il a dû se brûler les mains avec cette corde !

Puis il se tourna sur le côté et s'endormit aussitôt.

Cinq minutes plus tard, Rose fit irruption dans la tente. Elle pointa une lampe torche sur le visage des garçons et hurla :

– RÉVEILLEZ-VOUS !

Josh se redressa d'un coup et s'écria :

– Bon sang, Rose ! Tu ne crois pas que j'ai eu assez d'émotions fortes pour ce soir ?

– Qu'est-ce qui t'arrive ? lui demanda 3D en clignant des yeux.

– Cat est rentrée à la maison ! lui répondit-elle en s'affalant à côté de lui. Elle était sur mon lit lorsque je me suis glissée dans ma chambre. Quand je me suis approchée pour la prendre dans mes bras, elle s'est précipitée sous le lit. Alors je me suis penchée, et devinez ce que j'ai découvert ?

– Une épée ? proposa 3D.

– Nan !

– Un cambrioleur ? risqua Josh, aveuglé par la lampe torche.

– Non plus. J'ai trouvé trois chatons ! JE SUIS GRAND-MÈRE !

Retrouve 3D,
Josh et Rose
pour de nouvelles enquêtes dans :

L'ÎLE INVISIBLE

en mai 2014

TABLE DES MATIÈRES

L'AUTEUR

Ron Roy est né à Hartford, sur la côte est des États-Unis. Il a longtemps été professeur des écoles. Il écrit tous les matins et parfois l'après-midi.
Comme les héros de « Mystère Mystère », il adore les animaux et il a un chien qui s'appelle Pal. Il aime se promener, nager, faire la cuisine et voyager dans le monde entier. Le vert brocoli est sa couleur préférée.

L'ILLUSTRATEUR

Nicolas Julo est né en 1966 à Paris. Dès qu'il a su tenir un crayon, il a décidé de devenir illustrateur.
Il vit près de Chambéry. Là, entre deux dessins, il pratique l'escalade, la spéléologie, et aime les balades avec ses enfants. Les histoires qu'il préfère privilégient l'humour et l'imagination.

Retrouvez la collection
Rageot Romans
sur le site www.rageot.fr

PAPIER À BASE DE FIBRES CERTIFIÉES

RAGEOT s'engage pour l'environnement en réduisant l'empreinte carbone de ses livres. Celle de cet exemplaire est de :
400 g éq. CO_2
Rendez-vous sur www.rageot-durable.fr

Achevé d'imprimer en France en février 2014
sur les presses de l'imprimerie Hérissey
Couverture imprimée par l'imprimerie Boutaux (28)
Dépôt légal : mars 2014
N° d'édition : 6052 - 01
N° d'impression : 121832